KB211169

큰 글자로 남자를 읽다

## 박신혜

시인에게 시는 좋은 사람입니다.
함께 영화를 보고, 차를 마시고, 여행할 수 있는 그런 사람입니다.
2012년 《문예운동》에서 시부문 신인상을,
한국방송통신대학교 대학원에서 문예창작을 공부하면서
그런 사람을 만나고 싶어 오랜 시간 철자를 나열하고 있습니다.
아직도 곧게 열을 맞추거나 제자리를 찾지 못하고 있습니다.
검게 칠해도 하얀 머리카락은 더 빨리 자라고,
깨알 같은 글자를 읽을 수 없는 시간이 왔을 때,
큰 글자로 나를 읽고 있는 모습을 상상합니다.
시가 내게 그런 시간을 만들어 줄 것이라 믿습니다.

큰 글자로 남자를 읽다

박신혜 시집

學而思 | 학이사

눈을 털어내며 목련 꽃봉오리

봄으로 가고 있다

2025년 목련꽃 피는 봄에

박신혜

**제2부**

## 제3부

**제4부**

**제5부**

제1부

## 그녀의 정원

옆에 앉은 일행에게 뭘 그렇게 처바르냐고 말하는 그녀
아들 있고 딸 있고 돈도 많아요
예전에는 남편 하나 있었다며 자기소개를 한다
하마터면 나도 남편 하나 있다고 말할 뻔했다
있는 것을 있다 없는 것을 없다 말하는 그녀가
사이다 같았다
체면이 중요한 나와 친해졌다

그녀의 정원은
분재된 나무들이 팔을 벌리며
피지크 대회에 나온 듯 웃고 있었다
멀리 보기를 좋아하는 나는
보이지 않는 끝을 보았다

그녀의 정원을 생각하며 발코니에 나갔다
매달린 홍시를 쪼아 먹는 참새들
여전히 해석되지 않는 목련나무의 표정

경비 아저씨는 빗자루로 낙엽을 쓸어 담고
양떼구름도 담고 있다
나의 정원은 청명산 아래 자연 속 마을까지 펼쳐져 있다

## 나를 만나다

영화 한 편을 누군가와 봤으면 좋겠다

한 잔의 차를 마시기 위해서도 마주 보는 친구가 있었
으면 좋겠다
만나는 모든 사람이 나를 좋은 사람이라고 말하면 좋
겠다
여행을 떠나도 동행이 있으면 좋겠다
옷 한 벌을 장만해도 예쁘다 말해줄 상대가 있었으면
좋겠다
식탁에도 정겨운 대상이 있었으면
좋겠다 좋겠다

지구본처럼 기운 내가
양발로 서야 만날 수 있는 나
타인의 눈과 언어로 길들어진 나
발꿈치 상처를 감춘 새 구두처럼
까치발로 누구나의 기준을 올려다보는 나

여우비에 맨발로 뛰어 빨래를 걷듯
나를 만난다

혼자 보는 영화도 좋다
너는 목소리 없이 말하고 내 소리를 듣는다
나는 나를 보고 타인도 나를 본다

모두가 좋은 사람이라고 말하지 않아도 좋다
햇살 든 아침 혼자 먹는 밥도 따스하다
내가 나를 만난다
처음으로

# 그녀는 전기수

1.
고을에 김 영감이란 수전노가 있었어
휘영청 달 밝은 밤
가난한 농부의 집에 빌려준 돈을 받으러 갔지
부부가 대화를 나누고 있었어
좋긴 좋은데 김 영감네 빚 때문에 걱정이라는 말이었어
김 영감은 조용히 돌아왔지
은밀한 순간에도 억압하는 것이 빚이라며
그녀가 말했어
남의 돈은 무서운 것이라고

수전노는 악착같이 돈을 모았으나
죽으면 빈손으로 간다는 걸 보여주려고
관 밖으로 양손을 내놓으라고
유언을 했지
그 광경을 보고 마을 사람들이 말했어
저것 좀 봐 죽어서도 돈 달라고 하네

그녀가 말했어
돈은 적절히 쓰라고
지금 할 수 있는 것은 십 년 후에도 할 수 있고
지금 할 수 없는 것은 십 년 후에도 할 수 없다고

2.
잠 못 이루는 밤
천석꾼 부자가 자식이 없어
쓸쓸한 마음에 밤길을 거닐었지
때마침 다리 밑에서 하하 호호 웃음소리가 났어
허리 굽혀 다리 밑을 보았지
동냥한 양푼의 음식을
자식 입에 넣으며
거지 부부가 웃고 있었지
그녀가 말했어
세상은 눈에 보여지는 것이 전부가 아니라고

3.

백마강 줄기 자락
장구 메고 친구들과 놀러갔지
구성진 목소리로 노래를 불렀어
인물 좋은 한량들이 모여들었지
강물 위로 물고기 튀어 오르듯 신명날 때
친구들은 보이지 않고 노인들만 춤을 추고 있었어
노래만 잘하는 박씨 부인
씁쓸히 웃을 때 백마강도 웃고 있더라고
그녀가 말했어
소중한 친구를 얻고 싶거든
비밀을 지켜주라고

4.
허준 춘향뎐
더 읽을 책이 없어 책방엘 갔지
신사임당 책을 샀어
스님이 신사임당에게 말했어
첫닭이 울 때 아이를 낳으면
세세에 이름을 남길 훌륭한 아들을 낳는다고
신사임당은 진통을 참으며 장독대에 올라앉았어
첫닭이 울자 장독대에서 내려왔지
그렇게 낳은 아들이 율곡이라며
자식은 처음부터 끝까지 책임을 지라고

그녀가 말했어

뜨겁게 살라고!

# 그녀가 말한다 "염병"


오후 햇살이 거실 중턱을 넘더니
몸살기 같은 이야기 건드린다

연둣빛 열여덟
시집간 이듬해 아들을 낳았지
바다 품은 양수를 열어 세상의 생명으로 비워낼 때
다른 년 품은 그 사람
손가락으로 총구를 만들어도
얼굴만 보면 맥없이 풀리는 손가락

밤마다 벽을 넘어도
또 다른 벽이 되는 첫아들
문둥이가 이보다 서럽게 울었을까
달도 눈을 감아버린 그 밤
시고모 손에 끌려 들어가
둘째 낳고 셋째 낳고
아들딸 깊이 잠들었나 확인하는 그 밤 이듬해

넷째 다섯째 그렇게 일곱을 낳았지

큰아들 대학 졸업하고
아니 둘째, 아니 셋째 졸업하고
단무지 넣은 김밥 싸 들고 나들이 가자던 그 사람
이별 없는 긴 여행을 떠나고
인생은 사기꾼이라며
무기징역 최고형을 선고했지

다음 생은
염병할 사랑은 하지 말아야지
몸빼가 아닌 잠옷 입는 여자로 태어나야지
빈틈없는 혈서를 쓰다가

지우고 있다
빈 노트처럼 하얗게

# 배추벌레 잡는 남자

남자가 배추벌레를 잡고 있다

그 사이로 황금들녘이 들어온다
아이에게 젖을 물린 어미의 젖가슴 같다
배불리 먹은 아이가 젖꼭지를 깨물며 웃어주어
통증을 참을 수 있는

배추벌레 잡고 있는 저 남자

우리 사이는
참기 힘든 통증이었는지도 모른다

남자는 배추벌레를 다 잡았다며
돌부리에 앉아 들녘을 바라본다
나는 겨드랑이 들어 올린 배추밭을 본다
남자는 익은 노을을 보며 풍년이라고 하고
나는 꽉 찬 가을을 쓸쓸함으로 이해하고 있다

한때 같은 곳을 바라보며 떠오를 태양을 말했다

검게 칠해도 더 하얀 머리카락
깨알 같은 글자를 읽을 수 없을 때

비로소 큰 글자로 남자를 읽고 있다

# 미친년

세상의 잡음들 저마다 떠들 때
길이가 제각각인 엉클어진 단발머리
노란 재킷에 주름치마 입은 그녀
정류장의 사람들이 웅성거리며
한 걸음씩 물러선다

그녀의 말상대가 되었다

나는 가구점 사장의 딸이었어
귀하게 자랐어
내 친구 경자는 미국 갔어! 나도 갈 거야
남편과 행복하게 살 거야
우리 남편이 나를 너무너무 사랑해
너 어디 가?
너 직업 없지? 나 빽 있어! 너 일자리 줄게!

행복하고 싶어

더 행복한 그녀를 바라보다가
목적지를 놓쳐버린 나는
미친년

# 그대를 사랑하므로

어느 길모퉁이
그곳에 당신이 있어요
가까우면 멀어지고
멀어지면 바라보고

시간은 배경처럼 계절을 바꾸고
꽃은 피고 져요
있는 그대로의 본성을 이해하기까지

그대로의 개성을 허용하기까지
얼마나 많은 시간을 보내야 할까요
다가가고 부딪치는 파도가 될지라도
다가가다 떨어지는 별똥별이 될지라도

나 없는 세상에서도
그대를 더 사랑하기에
잠 못 이루는 밤을 지새우겠어요

제2부

# 겨울을 벗다

겨우내 터진 솔기를 벗는 나무
목련의 꽃봉오리 터질 듯 웃는다

두 노인이
점심 잡쉈수?

그러게, 날씨 좋네요

다리가 아프요

겨울에 죽어부렀대요

첫 아이 태운 유모차를 밀듯
보행기를 미는 노인

등에 업은 아이 잠 깰까
지팡이 나비처럼 땅에 앉는다

봄도 따라 걸으며
새싹을 돋아내고 있다

# 고해성사

그릇된 생각만으로

밤잠을 설칠 때가 있다

차단된 창 쪽으로

행사멘트가 넘어가고

안내문 같은 방송이 넘어온다

해야 할 고백은 창을 넘지 못한다

내게 있어 고해성사는

누군가를 미워한다거나

나도 모르는 흠모자를 그리워한다거나

선함을 위장한 무서운 실체

광고지에 깔려 계산대를 빠져나온

팩 한 장을 보며 웃는

가벼움이 아니다

내게 있어 고해성사는

나이만큼 뒷걸음질하다

누런 고서적으로

새겨지고 있다

# 왜 대문이 되지 못했을까

불현듯 하늘은 천둥으로 가슴 치며
비상구로 통곡한다

단풍은 액션 배우처럼 공중을 날아올라
일면식도 없는 대문에서 비를 피한다

피하지 못하고 낙엽처럼 누워버린
바람 속으로 걸어가
먼 세계로 떠나간 인연이 떠올랐다

왜 대문이 되지 못했을까

마지막이 된 평범한 통화
초침을 돌려도 초마다
가슴을 찌르며 앞으로 간다

후회는 기억보다 깊어서
코로 눈으로 타고 올라
비가 내린다
아물지 않는 상처 사이로

## 신체가 말하길

신체가 말했다
대답을 안 했더니 읽기라도 하라며
동그라미 하나를 주었다
기겁을 하고 물으니 신경질을 내면서
본색이 용종이란다

신체가 청년을 불렀다
대답도 안 하고 벌크벌크 하면서 단백질만 마셨다
씁쓸하다며 담낭이 말했다
황당해서 물으니 담담하게 말했다
다낭성이라고

신체가 말했다
대답도 안 하고 와인과 치즈를 먹었다
치밀한 벌집에 못생긴 유성이 자랐다
또 뭐냐고 물으니 대답이 없다
이름이라도 알자고 물으니

고개를 끄덕이며 '아암'이란다

신체가 불렀다
대답도 안 하고 단짠단짠 리듬을 탔다
위가 신음하며 얼굴을 붉혔다
도대체 뭐가 문제냐고 물으니 대답이 없다
누구를 위해서 이러냐고 물으니
너를 '위암'이란다

제3부

# 1달러

하늘길 열일곱 시간
홍해와 지중해 사이
이집트에 도착한다

고대문명의 흔적을 따라 흐르는 나일강
이시스 신전으로 가는 선착장
구릿빛 아이들이 1달러를 외치며 모여든다
기브 미 초콜릿 메아리가 되어

인솔자는 관심 보이지 말라고 하고
눈빛 건네지 말라고 한다
소년과 마주쳤다
무심한 듯 반 바퀴 돌려 건넨 지폐

열 살 남짓 아이들 눈빛이 반짝이는 나일강
강물처럼 검푸른 쪽배의 질주
유람선을 향해 외치는 1달러

뒤집힐 듯
한 손을 들어 잡는 내일
1달러의 희망과 함께
돌아가지 못하는 아이들이 있다는 이야기

# 캔버스

올려다본 하늘에

맘 놓고 그림을 그립니다

가까운 듯 멀어지는 새털구름

손끝으로 스케치하다

겹쳐 그려지는 얼굴

찌릿찌릿 날아오르는 직박구리

나무 위에 그려 넣으니

누군가 부르는 나의 이름

나도 모르게

선이 원이 되는 얼굴

나도 모르게

그대도 모르게 기다립니다

# 등기부등본

시골 모퉁이 땅을 샀다
등기부등본 잉크가 마르기 전에
울타리를 쳤다

하루는 고라니가 땅콩을 파헤치길래
나가라고 당당히 소리쳤다
울타리를 비웃듯
다음 날 새끼까지 데리고 와서
콩잎을 따먹었다

새들이 수시로 드나들었다
옷섶 밖으로 웃고 있는 옥수수 알
수줍게 붉은 복숭아
얼굴을 내주는 사과나무에게

민들레 홀씨는 군락을 이루고
잡초는 발톱처럼 깊어

사람과도 잡아보지 못한 멱살을 잡았다
파리는 제 집 똥간 드나들듯 하고
참새는 처마 밑에 집을 짓는다
청개구리는 머리 위로 튀어 오르고
뱀이 사르르 발코니를 오르고 있다

날릴 듯 위태로운 등기부등본
새똥이 흘림체로 갈겨놓은 "퇴출"

제4부

# 농막에서

가지 호박 주저앉으며

마지막 열매를 키워내고 있다

어떤 이는 쌀쌀하다고 하고

어떤 이는 가을이라고 한다

고구마에서 떨어진 줄기

하얀 눈물이 맺힌다

공생이라도 하자는 듯

고구마밭에서 발견한 늙은 호박

심봤다 외친다

홀로 앉은 울 엄마

두 눈 가득 자식을 담으며

긴 숨 몰아쉰다

## 조조영화

향긋한 차 한 잔으로 아침을 연다

벤치에 앉으니
새 한 마리 날아와
땅을 쪼며 분주하다

쉴 새 없는 부리질에 걸리는 것이
매번 먹이는 아니다

부러질 듯 휘청이는
휘청이다 치솟는
날갯짓

종탑의 기다림과 무리의 어울림
순응의 시간이다

오늘 조조영화의 주인공은

가냘픈 새 한 마리

# 똥에 관한 고찰

강아지와 산책 나온 이웃
여기 기웃 저기 기웃거리는 강아지
한 걸음 걷고 두 걸음 기다리며
강아지만 보고 있다
짧은 다리 올리며 나무에 점을 찍는다
강아지 똥,
꽃을 따듯 비닐에 담는다

다리 한 짝 올리면서 미끄러지는 강아지
내 속내를 아는지
나를 보며 앙칼지게 짖는다
개뿔
나도 짖고 싶다

마음의 소리에 내몰려
지긋이 보고 있으니
이웃이 사람 좋게 웃는다

방금 전
고개 돌리며 손끝 멀리 변기통에 내린 엄마 똥
역류하여 내게 항변한다
내가 강아지만도 못하냐고!

# 오케스트라


잔잔한 파도 후의 해일
웃으면서 받아든 편지 안의 슬픔처럼
허둥거리다 지휘봉을 놓쳤다
'신녀음아회' 포스터에 바람이 펄럭댄다
눈을 털어내며 받침을 찾는다
지휘자 없이 삐걱대던 내 안의 불협화음
튜닝을 하고 있다

왼쪽 뇌 2열 뚜껑 열린 피아노 스팀 내보내시고
잔잔하게 아르페지오 선율을 들어요
오른발 페달을 밟으면서 깊게 호흡하세요
왼쪽 가슴 제1바이올린
준비운동 하고 올라가라 엉덩이를 밀어주는 친절은 덤
빠져도 책임질 수 없다는 경고 문구는 꼭 읽어야 해요

오른쪽 가슴 첼로
열두 계단을 한 번에 몇 계단 오르면 지쳐요

대화가 언성이 되면 소음이 되는 거예요
미안하다고 말할 때 장신구는 달지 마세요
오른쪽 쇄골 아래 비올라 현의 중심이 되어
남의 말에 시계추처럼 흔들리지 마세요
어둠의 편안함 자신과 친할 수 있죠

옆구리 더블베이스
가슴이 넓으면 마음도 넓어야죠
바닥까지 내려가야 발로 박차고 올라간다고 하죠
낮은 소리를 내도 듣는 사람은 듣습니다
가슴 중앙의 플루트
조용히 반 고개 넘고 반음 올려요
주면서 바라지 않는 답을 찾아요
플랫의 옆 단추는 나만의 아지트

왼쪽 갈비뼈 아래 하프
말랑이는 바람을 등진 나무 같아서

완벽한 슬픔 후,
따스한 차 한 잔
저 발끝 심벌즈
통풍되지 않은 신발 속 답답함으로
남들 앞에서 구질구질하게 한숨 내쉬지 마세요
뒤에서 웅얼거리지도 마세요 발 냄새라도 좋아요
한번 기겁하게 해주는 거예요

내 안의 오케스트라
고개를 끄덕이며 타협하고 있다
이탈하지 않는 하모니
나의 온 세포를 깨우며 열 손가락을 타고 전율합니다
아름다운 소리로

# 볕들 날


사람들은 나를 육쪽마늘이라고 하더군

내 집은 육쪽 방
탱탱한 것들에 밀린
벽의 벽에 붙은 육쪽의 반

오늘 어떤 여자가 나를 돌리며
졸고 있는 주인을 깨우더군
정말 육쪽이냐고 묻더니 흥정도 안 하고 데리고 가는
거야
여자는 눅눅한 나의 옷을 벗기더군
빈약한 엉덩이의 시스루까지도

지금
상추와 쌈장
그 위에서 도도하게
빛나는 나

제5부

# 고구마를 심으며

삽질에 호미질
묵은 흙 뒤집으며
외줄기 고구마를 심는다

고개 끄덕이는 시간이
여러 날이면
토실한 열매
줄줄이 영글겠지

시간에 눌린 첫 희망과
나이 들지 못하고 가시가 돋친 마음
한 움큼 땅속으로 밀어 넣는다

# 내 이름은 아농

꽃씨 하나 떨어져

비탈길에 핀 솜털 아기꽃

철새 따라 왔을까

별빛 따라 왔을까

떠난 엄마 소식 기다리다

굽은 등에서 콧물로 자라는

울음꽃

봄보다 먼저 핀

제비꽃

# 별똥별

어느 별에서 왔을까요?
선악과를 따먹기 전 홍수가 끝나는 날,
맑은 걸음으로 내게로 온 별똥별
지구에서 가장家長으로 개명 했어요

비바람 맞으며 정열이 차분해질 때,
우리는 이야기했어요
다음 생은 프랑스에 태어나고 싶다는 내 말에
다음 생은 쉬고 싶다고

다시 만나지 않을 거라고 위로해도 소용없어요
지구에서 가장이라는 이름은 너무 무겁다는,
내게로 온 그의 갈비뼈가 화석처럼 굳어
옆구리를 아프게 합니다

# 풍경


두려움에 서성이다
빗장을 여니
탱화 속 칼날에 부서지는 바람

지친다는 것은 인연의 굴레에 몰입하는 일
흔들리는 모든 것들이 침묵하는,

바다에서 산으로 올라온 물고기
바다를 말리며
참선에 든다

말하지 않고서야
바람의 소리를 읽는
풍경처럼

# 바하리야 사막


한때 바다였던 바하리야 사막
조개껍질만 바다를 기억한다
철썩철썩
하얀 모래파도 소리를 낸다

사막은 바다처럼 깊어서
또박또박 걸어도
비틀거리는 기억의 조각을
건져 올리고 있다


조개껍질에 담긴
사막의 검푸른 바다는
나의 각진 모서리를
곡선으로 휘감고 있다

온데간데없이

매일 무슨 국을 끓일까 고민하는 아침을 5년째 보내고 있다. 기억력에 도움이 될까, 하고 멸치 한 주먹이 들어간 육수에 두부 된장국을 끓인다. 국이 막 끓기 시작하는데, 다급한 아들의 목소리가 들린다. '소변 아니면 대변이겠지!', 막상 두 가지 상황이 동시에 겹쳐지면 퍼즐의 완성 같은 다짐이 바닥에 나뒹굴듯 허망하다.

기저귀를 빼는 것은 그녀의 마지막 자존심일까? 물을 많이 마시는 그녀는 기저귀를 빼고 매트리스 커버에 우리나라 몇 배가 되는 지도를 그린다. 물먹은 휴지를 주먹밥처럼 뭉쳐 그릇에 담기도 하고, 변을 침상에 놓고 곱게 휴지로 덮어 놓기도 한다. 휴지라는 쌀로 밥을 짓고 누런색 고기반찬을 담은 상차림. 자식을 위한 밥상이라고 생각하는 나는 이제 도의 반열에 든 것인가.

5년 전, 나는 그녀가 요양원에 입소했다는 소식을

64

열흘이 지나서야 알게 되었다. 소식을 접하자 내 심장은 천둥 번개를 동반한 우박까지 때리며 난리가 아니었다. 겨우 진정하며 달려간 요양원에서는 적응 기간이라 면회가 안 된다고 했다. 멀리서 뒷모습만 보겠다는 약속을 하고서야 그녀를 볼 수 있었다. 유리창 너머로 보이는 그녀의 뒷모습은 두 주먹을 불끈 쥐고 창밖의 비좁은 세상을 엿보고 있었다.

나는 요양원 관계자가 다른 사람과 대화하는 사이 발소리를 죽이며 그녀에게 다가갔다.

"엄마."

그녀는 나를 보자마자 마치 아이가 트램펄린에서 솟구치듯 침상을 짚고 천장에 닿을 듯이 뛰고 또 뛰었다.

"막내야! 막내야! 왜 이제야 왔냐! 믿는 건 너뿐이다!"

나는 평생 그 누구의 얼굴에서도 그런 절박한 표정을 본 적이 없었다.

그녀의 집은 온데간데없다. 아끼며 보관한 이불, 정성껏 가꾼 화초, 내가 선물한 예쁜 찻잔은 물론 낡은 속옷 깊숙이 자리한 새 팬티며 내복들은 뒤섞여 있었다. 욕실 신발이 거실에 나와 있었다. 내가 만들어준 양념게장이 맛있다고 앉아 먹던 식탁의자는 벽을 보고 있었다. 반쯤 채운 쓰레기봉투가 찌그러진 희망처럼 구겨져 있었다. 그녀의 손때가 묻은 모든 것이 사라졌다. 그녀가 찾는 영정사진을 들고 나왔다.

영정사진을 감싼 찢어진 종이 사이로 그녀의 젊은 얼굴이 웃고 있었다. 나는 운전을 하면서 그녀는 창밖을 보면서 손을 잡았다. 수십 년 옥살이하다 해방된 듯, 요양원에서의 열흘이 6·25 전쟁처럼 치열했다. '내가 어떻게 공부시켰는데 호랑이가 씹어 물어갈 놈!' 차 안에서는 찰진 발음의 욕이 쏟아지는 동안 차창 밖은 냉정할 만큼 평온했다.

갑자기 그녀의 얼굴색이 변하더니 어르신께 전화를 걸어 달라고 했다. 통화가 되자, 조금 전의 표정은 사라지고 여동생이 오빠에게 일러바치듯 말했다. 잠이 오지 않아 수면제 먹고 딱 오줌 한 번 쌌는데, 요양원 갔다 나왔다며 눈물을 훔쳤다. 중국의 '변극'을 보는 듯 그녀의 표정이 수시로 바뀌었다. 차 안과 달리 차창 밖은 벗꽃이 날리고 있었다.

어르신은 그녀의 남자 친구다. 그것도 열 살 연하이다. 젊은 애들만 '남사친'이 있는 것은 아니었다. 어르신은 복지관에서 '천 원의 점심'을 먹다 알게 된 친구라고 했다. 그녀가 천 원짜리 한 장 들고 줄을 서 있을 때 어르신이 살며시 다가왔단다. 어르신은 그녀의 호주머니에 믹스커피 몇 개를 넣어주며 환하게 웃었다고 한다. 그렇게 어르신은 고독한 그녀의 친구가 되었다.
그녀는 남편을 먼저 보내고 얼굴이 못나 어쩔 수 없이 수절했다며 나를 웃게 했다. 나는 그녀에게 웬 떡이냐고 했다. 그녀는 사랑도 다 때가 있다면서 덧없이 흘러간 세월을 아쉬워했다. 아들 며느리는 그녀의 집을

방문하는 어르신의 존재를 알고, 싫은 내색을 했다고
한다. 그럴 때마다 그녀는 분개하며 잠자리도 다 때가
있다고, 어디서 추잡한 생각을 하냐며 혈압을 높이곤
하셨단다.

　안양에서 수원, 가깝고도 먼 거리이다. 어르신은 자
가운전으로 그녀를 만나러 오셨다. 일주일에 서너 번
그녀와 겸상을 했다. 시일이 지속되자, 나의 정성 어린
밥상은 '원 플러스 원도 아니고 원!' 하며 겉만 그럴싸
한 겸상을 차리고 있었다. 나의 가식에 펀치를 날리듯
어르신은 버스와 접촉사고가 났다. 그 트라우마로 한
동안 수원에 오시지 못했다.
　두 분은 하루도 거르지 않고 통화를 하며 물리적 상
황을 아쉬워했다. 두 달이 지나자 어르신은 전철을 세
번 갈아타고 그녀를 만나러 왔다. 도착해서는 다리가
아파 몹시 힘들어하셨다. 어르신은 방문할 때마다 마
을버스와 전철을 환승하며 그녀가 좋아하는 우유와 두

유, 요플레, 믹스커피 등이 양손에 들려 있었다.

무거우니 그냥 오시라고, 간곡히 청해도 늘 양손 가득 무얼 사 오셨다. 그녀가 좋아하는 브랜드를 미리미리 준비해서 온다고 하셨다.

한번은 비타민을 사 오면서 자를 수 있는 가위까지 챙겨왔다. 틀니가 잘 맞는지 입안도 살피시고 맨손으로 무좀 있는 발톱에 약을 발라주기도 했다. 나는 큰 수술을 하는 것처럼, 의료용 장갑이 불량인지 살피고 또 살피며, 그녀의 발가락에 약을 바른 사실은 말하지 않았다. 꽃이 아닌 사람에게서 향기가 난다는 것을 처음 알았다.

6개월이 지나도 어르신이 방문하지 않는다. 그사이 그녀는 어르신의 존재를 잊었다. 폭설에 발자국이 지워지듯, 그녀의 순간들이 하얗게 지워지고 있다. 나는 어르신께 전화를 드렸다. 고객의 사정으로 전화가 정지되었다는 기계음이 들렸다. 집 주소는커녕 전화번호

외에 아는 것이 없어 막막한 시간을 보내고 있다. 나도 어르신처럼 양손 가득 간식을 들고 찾아뵙겠다는 약속을 지키지 못했다.

이별 없는 이런 이별은 처음 본다. 추억도 아픔도 없는 이별 말이다. 나는 어르신과 그녀 사이에서 간접 이별의 아픔을 혹독히 치르고 있다.

텅 빈 페이지처럼 그녀의 하루가 간다. 오늘은 그녀가 나보고 언니라고 부른다.

"날씨 좋다, 엄마."

엄마와 함께 어르신이 사다 준 마지막 믹스커피를 마신다.

# 큰 글자로 남자를 읽다

지은이 | 박신혜

초판 발행 | 2025년 4월 1일

펴낸이 | 신중현
펴낸곳 | 도서출판 학이사

출판등록 | 제25100-2005-28호
대구광역시 달서구 문화회관11안길 22-1(장동)
전화 _ (053) 554-3431, 3432  팩시밀리 _ (053) 554-3433
홈페이지 _ http://www.학이사.kr
이메일 _ hes3431@naver.com

ISBN _ 979-11-5854-559-8  03810